Literarische Causerie

Molière und Goethe

Friedwart Uhland

Statt eines Inhaltsverzeichnisses gibt es
nur ein lebhaftes Durcheinander, wie es
sich für eine Causerie gehört.

Wer oder was bin ich?

Ich bin Essayist, also ein Mensch, der gerne Essays schreibt. Das Fremdwort für "Versuch" hat sich nicht so recht eingebürgert, was man schon daran sieht, dass die Grammatiker zwei Geschlechter für möglich halten, also "Das Essay" oder "Der Essay". Eigentlich möchte ich aber lieber eine einschmeichelnd weibliche Form haben, und da bietet sich das heute als veraltet geltende aus dem Französischen stammende "Causerie" an. Und ich bin, wie ich zuerst mit

Schrecken und dann zu meiner Freude festgestellt habe, altmodisch. Also wäre ich ein "Causeur". Verdeutschen kann man das als "unterhaltsamer Plauderer". Das gefällt mir sehr. Wenn der Lehrer in mir durchbricht, bin ich Essayist, wenn ich die heitere französische Lebensart (savoir vivre) betonen will, bin ich Causeur.

Mein Faible für das Französische geht auf meine frühe Schulzeit zurück. In Horb waren wir nach dem 2.Weltkrieg in der französischen Zone, und natürlich war die erste Fremdsprache Französisch. An unsere erste Französischlehrerin habe ich eine lebhafte Erinnerung. Wir waren eine ziemliche Rasselbande in der ersten Klasse des Gymnasiums. Die Lehrerin liebte die Verbindung von Sprechen und Aktion. "Setzt euch" auf Französisch bleibt mir unvergessen."Asseyez vous! " Und wir setzten uns und riefen im Chor "nous nous asseyons".

Leider ist in Deutschland die Kenntnis des Französischen nicht so verbreitet, wie es sich für diese Kultursprache eigentlich gehörte. Sie werden vielleicht beim Lesen dieser Causerie Schwierigkeiten haben mit den eingestreuten französischen Zitaten. Nehmen Sie dies als intellektuelle Herausforderung und benutzen Sie das Internet als Aussprache- und Übersetzungshilfe. Zudem ist alles, was für das Verstehen notwendig ist, übersetzt oder aus dem

Handlungszusammenhang erschließbar. Ich merke gerade, dass ich wie ein Lehrer schreibe und nicht wie ein Causeur plaudere. Asseyez vous!

Molière

Molière ist unsere erste Herausforderung, und dabei lernen wir nicht nur den Mann kennen, sondern auch den "accent grave". Der herabfallende "schwere" Akzent führt dazu, dass "e" wie deutsches "ä" gesprochen wird. Das den Namen abschließende "e" bleibt stumm. Molière ist ein Künstlername, den sich Jean-Baptiste Poquelin, geb. 15.Januar 1622 in Paris, gab und unter dem er weltberühmt wurde. Er war Komödiendichter, Schauspieler und Theaterdirektor und leitete zuletzt das Theaterensemble des Königs Ludwig XIV. Am 17. Februar 1673 spielte er die Hauptrolle in seiner Komödie "Der eingebildete Kranke" (Le malade imaginaire), brach auf

der Bühne zusammen, konnte
aber mit Mühe zu Ende
spielen. Sein
Schauspielerkollege Michel
Baron brachte ihn nach Hause
und von ihm stammt der
folgende Bericht, der von
Sainte-Beuve in dem
Lebensbild Molières
wiedergegeben ist: Zwei
katholische Nonnen und die
Hausangestellte Laforest sind
mit Baron die letzten
Menschen, die Molière lebend
gesehen haben. Er aß ein
Stückchen Käse mit Brot, ging
zu Bett und bat Baron, zu

seiner Frau zu gehen und ein
Kopfkissen, das mit Kräutern
gefüllt war, zu holen. Dann
hatte er einen heftigen
Hustenanfall und einen
Blutsturz. Als Baron und die
Ehefrau ins Zimmer kamen,
war er schon tot. Zwei
Nonnen, die zeitweilig im
Haus wohnten, haben ihn mit
den christlichen
Sterbesakramenten versehen.

*Donnez moi plutôt un petit morceau de
fromage Parmesan. - Laforest lui en
apporta; il en mangea avec un peu de
pain, et il se fit mettre au lit. (...) Il n'y
eut pas été un moment qu'il envoya
demander à sa femme un oreiller rempli*

Moliere wurde 51 Jahre alt. Der für ihn zuständige Kirchenvertreter verweigerte eine kirchliche Bestattung, da Molière mit der Kirche in Konflikt gewesen sei. Die Witwe wandte sich an den König und man fand einen Kompromiss, der kirchliche

Symbole bei der Beerdigung vermied.
Nicht nur mit der Kirche hatte sich Molière angelegt, sondern auch mit der höfischen Gesellschaft, die um den Sonnenkönig Ludwig XIV. zirkulierte. Das war deshalb besonders mutig, weil er ja von der Gunst des Monarchen finanziell vollkommen abhängig war. In der Komödie "Der Menschenfeind" zeichnet Molière das Bild einer total verlogenen Hofgesellschaft, die mit Schmeichelei, Betrug und Intrige nur auf den jeweils

eigenen Vorteil bedacht ist. Das idealistische Gegenbild stellt ALCEST dar, ein junger Adliger, der scheinbar kompromisslos dem Ideal absoluter Ehrlichkeit nachstrebt. Schon im ersten Auftritt geißelt er die Verlogenheit.

Wahrheitsfanatiker oder krankhafter Spinner

Alcest
Ich sehe, wie Sie jenen Menschen dort,
mit Artigkeit und Süßigkeit umringen;
Sie häufen auf dies feurige Betragen

Beteuerungen, Anerbieten, Schwüre und
können mir, nachdem er aus der Türe,
nicht einmal seinen Namen sagen.
Verschwunden ist das herzliche Gefühl;
Sie reden über ihn gleichgültig kühl.
Potz Wetter, das ist elend, feig, gemein,
die eigne Seele so mit Schmutz zu
mengen. Und sollte mir das widerfahren
sein, ich eilte, mich vor Ekel
aufzuhängen.

Philint
Je nun, mir scheint der Fall nicht
hängenswert; ich bitte Sie recht
freundlich um die Liebe, daß mir für
diesmal Gnade widerfährt, und daß ich's
mit dem Hängen noch verschiebe.
(...)

Alcest
Die Wahrheit will ich; dem
Charaktervollen entschlüpft kein Wort,
das nicht von Herzen geht.

(...)

Ein Sonett - weder schlecht noch recht

Zu den beiden Männern kommt noch Oront, ein von seinen Gefühlen beherrschter junger Mann, der zunächst Alcest, den er zu verehren vorgibt, seine Freundschaft anbietet. Alcest lehnt dies ab, da er ja Oront noch gar nicht kenne, nicht einmal einen Händedruck will er mit Oront tauschen, gerade so, als sei die Coronakrise schon im 17.Jahrhundert ausgebrochen. Für Normalsterbliche wäre

dies ein Grund, die
Unterredung zu beenden. Nicht
so für Oront. Er ist verliebt
und hängt dies an die große
Glocke. Zu allem Überfluss
hat er in seiner Verliebtheit ein
Sonett gedichtet und er bittet
um eine Beurteilung. Und hier
ist Molière ein Meisterstück
gelungen. Das Sonett ist weder
schlecht noch gut, es ist
gefühlvoll und zugleich
kitschig. Philint sieht die guten
Seiten des Gedichts, Alcest -
wie könnte es anders sein - die
schlechten. Und er formuliert
seine Kritik so scharf, dass

Oront wirklich beleidigt ist. Philint will vermitteln und erreicht zumindest, dass Oront weggeht. Gerade noch heftig im Streit, verabschieden sich Alcest und Oront mit einer traditionellen, aber verlogenen Formel.

Oront
Mein Herr, ich bin ihr Diener allezeit.

Alcest
Und ich, mein Herr, bin allezeit der Ihre.

Höflichkeit und Ehrlichkeit heute

Heute - 350 Jahre später -
leben wir in einer
demokratischen und scheinbar
egalitären Gesellschaft. Die
Konflikte zwischen einer zur
Formel erstarrten Schmeichelei
und ehrlichem Miteinander
sind noch zu spüren. Nicht
umsonst weist das Wort
"Höflichkeit" darauf hin, dass
es ein Betragen meint, wie es
bei Hof üblich ist. Vieles kann
man zwar sagen, aber man darf
es eigentlich nicht. Ein "tace
infans" oder "pas devant les
enfants" gehörte in den
Wortschatz jeder Gouvernante.

Von einem ehrlichen "Hallo" oder gar "Hi" sind wir im schriftlichen Gebrauch noch entfernt. Das klingt denn doch zu privat. Ich beziehe die Stuttgarter Zeitung auch in digitaler Form und bekomme manche Beiträge an meine e-mail-Adresse. Die Anrede schwankt zwischen "sehr geehrter Herr Uhland" über "lieber Herr Uhland" bis zu "lieber Friedwart". Ich will aber weder geehrt werden, noch bin ich lieb. In den Schlussformeln von Briefen ist das "Hochachtungsvoll" weitgehend verschwunden, erst recht das "mit vorzüglicher Hochachtung". Man hat sich auf "mit freundlichen Grüßen" geeinigt. Ade, tschüss oder ciao wären zu privat. Beim Lebenslauf kann man seinen Doktortitel durchblicken lassen, nicht aber bei der privaten Adresse. Chefärzte halten sich noch nicht an diese Regel. Ganz umgewertet wird das Molièresche "Ihr Diener", wenn man nur noch "Ihr" mit anschließender flotter

Unterschrift verwendet. Was soll diese Eigentumsangabe?

Zwei Schritt vor, einen zurück

Das ausgehende 18. Jahrhundert war eine spannende, widersprüchliche Zeit. Die geistigen Grundlagen für die Neuzeit wurden gelegt in Naturwissenschaft, Politik, Philosophie. Denken wir in Deutschland nur an die zwei Namen Kant und Goethe, deren Weltruhm bis heute unbestritten ist. Es ist die Zeit, in der das Individuum seine Selbstbestimmung gegen kirchliche Zwänge durchsetzt und in der Gesellschaft neue Ordnungen erdacht werden. Gleichzeitig ist die alte Ständegesellschaft noch überall fest verankert und das Bürgertum wird sich erst allmählich seiner Kraft bewusst. Der klassische Tanz der Barockzeit ist der Contredance - zwei Schritt vor, einer zurück.

Goethes Werther

Mit einem Briefroman aus dem Jahr 1774 hat Goethe europäischen Ruhm erlangt. Es ist eine fiktive Sammlung von Briefen Werthers an seinen Freund Wilhelm. Erst mit dem Tod Werthers wird eine Außensicht auf die Personen erreicht. Lassen Sie mich mit dem Ende beginnen, denn da wird eine gewisse Parallelität zu Molière, den Goethe sehr schätzte, erkennbar.

Um zwölfe mittags starb er. Die Gegenwart des Amtmannes und seine Anstalten tuschten einen Auflauf. Nachts gegen eilfe ließ er ihn an die Stätte begraben, die er sich erwählt hatte. Der Alte folgte der Leiche und die Söhne, Albert vermocht's nicht. Man fürchtete für Lottens Leben. Handwerker trugen ihn. Kein Geistlicher hat ihn begleitet.

Im Hause des Amtmannes hatte Werther Lotte kennen gelernt. Sie war die älteste Tochter von insgesamt neun Kindern. Die Mutter starb, als das jüngste Kind zwei Monate alt war und hat auf dem Totenbett ihrer Tochter Lotte das Versprechen abgenommen,

für die Geschwister wie eine
Mutter zu sorgen. Lotte erzählt
Werther:

*'Sei ihre Mutter!' - Ich gab ihr
die Hand drauf! - 'Du
versprichst viel, meine
Tochter', sagte sie, 'das Herz
einer Mutter und das Aug'
einer Mutter. Ich habe oft an
deinen dankbaren Tränen
gesehen, daß du fühlst, was
das sei. Habe es für deine
Geschwister, und für deinen
Vater die Treue und den
Gehorsam einer Frau. Du
wirst ihn trösten'.*

Dass Werther Lotte kennen und lieben lernt, klingt für die heutigen Leserinnen wie ein kitschiger Liebesroman. Die damaligen Leserinnen waren wohl hingerissen vom Übermaß des empfindsamen Gefühls. Lotte ist mit Albert so gut wie verlobt, und deshalb gibt es für Lotte und Werther kein Liebesglück. Werther versucht zu fliehen und nimmt in der Ferne eine Stelle in einer Gesandtschaft an. Lotte und Albert heiraten. Damit könnte der Kitschroman zu Ende sein.

Aber es wird noch tränendrüsiger, Werther kehrt wieder zurück und umarmt und küsst Lotte das einzige Mal überhaupt. Sie weist ihn zurück und schließt sich in ihr Zimmer ein. Werther lässt Albert um seine Pistolen bitten und ist glücklich, als er hört, dass Lotte die Pistolen selbst berührt hatte. Um Mitternacht erschießt er sich, lebt aber noch so lange, dass ihn die Kinder des Amtmannes - Lottes Geschwister - küssen können. Kitschiger gehts nicht mehr. Molières Alcest hätte seine Freude dran.

Heutige Leserinnen schätzen eher die Landschaftsbeschreibungen als die Liebe ohne Sexualität, bei der Werther höchstens davon träumt, seiner Angebeteten 1000 Küsse auf den Hals zu drücken. Die ständische Borniertheit wird zwar einmal von Werther kritisiert, aber sonst lässt sich dieser von unter ihm stehenden Dienstpersonal gerne bedienen. Da lässt er sich zum Beispiel einen Tisch mit Stuhl

unter eine Linde bringen, lässt
sich Kaffee servieren und gibt
den Kindern des Amtmanns
etwas von seinem Zucker ab.
Dann liest er wieder als
Kenner des Altgriechischen in
"seinem Homer". Erstaunlich
ist allerdings, dass selbst
Goethe auf die damals
kursierende Ossianfälschung
hereingefallen ist... Wie schön,
dass bald nach Goethes
Werther die Französische
Revolution beginnt. Und wie
schön, werden Sie vielleicht
sagen, dass der Causeur jetzt
am Ende ist.

Noch nicht ganz. Die Ständegesellschaft gibt es nicht mehr, wegen einer unglücklichen Liebe bringt sich kaum mehr jemand um, ganz im Gegensatz zum 18. Jahrhundert, wo es nach der Lektüre des "Werther" zahlreiche Sebstmorde gab. Spektakulär war der Tod der erst 17-jährigen Christiane von Laßberg, die Goethe aus der Weimarer Hofgesellschaft kannte und die sich unglücklich verliebt hatte. Sie suchte am 16. Januar 1778 den

Freitod in der Ilm. Angeblich
soll sie bei ihrem Tod ein
Exemplar von Goethes
Werther bei sich gehabt haben.

Literatur

Charles Augustin Sainte Beuve
Portraits littéraires, Tome II, 1862
Molière
A Public Domain Book

Molière, Der Misanthrop
kindle unlimited

Goethe, Die Leiden des jungen Werther
2. Aufl. 1787
in: Goethe, Gesammelte Werke
kindle unlimited

Christiane Henriette Sophie von Laßberg
Artikel WIKIPEDIA

Autor

Friedwart Uhland
geb. 28.4.1941
Lehrer an der
Hedwig-Dohm-
Schule
Stuttgart, danach
freier Essayist

f.uhland@t-
online.de